もくじ

おにたちのおべんきょう　4
ムイムイとひとりぼっちのおばあさん　9
ルンルンと山のどうぶつたち　20
ミンミンとおにごっこ　26
おにのおしごと　38
あとがき　46

おにたちのおべんきょう

遠い、遠いところに、おにのすむ山がありました。
そこに、子おにの三きょうだいがおりました。

一番上のお兄ちゃんは、ムイムイ。
まん中のお兄ちゃんは、ルンルン。
一番下の妹は、ミンミンといいました。
お父さんは、おにたちの王さまでした。
大きな体に、太いうで。
頭にはりっぱなつのが二本。
どこから見ても、とても強そうな、そしてこわそうなおにでした。

歌っておどって、楽しくて大にぎわいのお正月がすむと、ひと月先にやってくる節分《せつぶん》のしたくに、おにたちはとたんにいそがしくなるのでした。

三きょうだいはまだ子どもなので、おにのしごとが分からずにおりました。節分《せつぶん》がなんなのか、よく分からないでおりました。

そして三人でこんな話をしました。

ムイムイが言いました。

「節分《せつぶん》なんて、人間に『おには外』って、豆《まめ》をなげつけられるんだよ。ぼくたち、なんにもわるいことしてないのに」

ルンルンが言いました。

「お父さんはあんな強いのに、なんで人間なんかにおい出されるんだろう。やっつけちゃえばいいのに」

ミンミンが言いました。

「でもお父さん、おこるどころか『おには外』って言われると、うれしそうにしてるよ」

三人は、なんでだろうとふしぎに思いました。


お正月がおわったころ、お父さんが三人をよびました。

「今日から、おまえたちは人間のせかいに行きなさい」

三人はおどろきました。

「えっ！　人間のせかいに行くの？」

「そうだ。人間のふりをして、人間のせかいにすみ、人間をよく見ておいで。そして、それぞれ一番心にのこったできごとや、一番気になった人間の話を聞かせておくれ。

それから、そのままのかっこうでは行かれないよ。ちゃんと人間のふくをきて行かないとね。つのをかくすこともわすれずに。いいね」

そこできょうだいは、人間の子どもに見えるように、人間のふくにきがえて、だいじなつののもじょうずにかくしました。

三人は、なぜ人間のせかいに行かないといけないのか、分かりませんでした。

けれども、お父さんに言われた通り、三人は、ある小さな町に下りていきました。

その町には小学校がありました。

元気な子どもたちの声が聞こえてきました。

小学校のうらには山につづく道があり、とちゅうに「おいなりさま」がまつられておりました。

山はけっして大きくはないものの、そこにはいろいろな生きものたちがくらしておりました。

朝にはたくさんの鳥たちがなき、夜になるとイタチやタヌキが出てきました。

山おくからは、ホーホーとフクロウの声も聞こえてきました。

三人のきょうだいは、気のむくまま、べつべつの道を歩いていきました。

ムイムイとひとりぼっちのおばあさん

雨がしとしと、とぎれることなくふる日でした。

ムイムイは、かさをさしながら、おいなりさまにつづく道を歩いているひとりのおばあさんを見つけました。

おばあさんは、おいなりさまの前で立ち止まり、かさをとじて、なにやらおねがいごとを言っていました。

おねがいごとがすむと、おばあさんは、またかさをさして、おいなりさまを通りすぎて行ってしまいました。

そのうしろすがたは、なんだかさびしそうでした。

郵便はがき

料金受取人払郵便

新宿局承認

2524

差出有効期間
2025年3月
31日まで
（切手不要）

1 6 0-8 7 9 1

141

東京都新宿区新宿1－10－1

(株)文芸社

愛読者カード係 行

お名前《ふりがな》				明治　大正 昭和　平成　　年生　　歳
ご住所《ふりがな》	□□□-□□□□			性別 男・女
お電話 番　号	（書籍ご注文の際に必要です）	ご職業		
E-mail				
ご購読雑誌（複数可）		ご購読新聞	新聞	

最近読んでおもしろかった本や今後、とりあげてほしいテーマをお教えください。

ご自分の研究成果や経験、お考え等を出版してみたいというお気持ちはありますか。

ある　　ない　　内容・テーマ（　　　　　　　　　　　）

現在完成した作品をお持ちですか。

ある　　ない　　ジャンル・原稿量（　　　　　　　　　　　）

書　名			
お買上 書　店	都道　　　　市区 府県　　　　郡	書店名	書店
		ご購入日	年　　月　　日

本書をどこでお知りになりましたか?

1.書店店頭　2.知人にすすめられて　3.インターネット(サイト名　　　　)

4.DMハガキ　5.広告、記事を見て(新聞、雑誌名　　　　)

上の質問に関連して、ご購入の決め手となったのは?

1.タイトル　2.著者　3.内容　4.カバーデザイン　5.帯

その他ご自由にお書きください。

(　　　　)

本書についてのご意見、ご感想をお聞かせください。

①内容について

②カバー、タイトル、帯について

弊社Webサイトからもご意見、ご感想をお寄せいただけます。

ご協力ありがとうございました。

※お寄せいただいたご意見、ご感想は新聞広告等で匿名にて使わせていただくことがあります。

※お客様の個人情報は、小社からの連絡のみに使用します。社外に提供することは一切ありません。

■書籍のご注文は、お近くの書店または、ブックサービス(0120-29-9625)、セブンネットショッピング(http://7net.omni7.jp/)にお申し込み下さい。

つぎの日も、おばあさんはおなじ道を歩いてやってきました。

手に買いものかごをもっていました。

おいなりさまの前につくと、その買いものかごを足もとにおいて、またなにやらおねがいごとをはじめました。

おねがいごとがすむと、こしをのばし、またすぐに歩きだしました。

ムイムイは、おばあさんに声をかけました。

「おばあさん、買いものかごをもってあげるよ。おもたいでしょ」

おばあさんは、見知らぬ子どもに声をかけられ、ちょっとびっくりした顔をしました。

けれど、すぐににっこりわらって言いました。

「ありがとう。親切なぼうやだね。どこから来たの？　このへんでは見かけない子だね。名前はなんと言うんだい？」

「名前はムイムイっていうんだ。あっちの方から来たんだよ」

と、ムイムイは遠くの方をゆびさしました。

「買いものかごをかして。ぼくが家までもっていってあげるから」

「それじゃあ、おねがいしようかねえ」

おばあさんは買いものかごをムイムイにわたしました。

おばあさんとムイムイは、ならんで歩きだしました。


しばらくいくと、小さな家が一けん、ぽつんと見えてきました。

「あそこがわたしの家なのよ。上がっていきなさい。おれいに、おいしいお茶をいれるわ」

ムイムイは、どうしようかとちょっとまよいました。

おばあさんはそんなムイムイに気がつくと、

「だいじょうぶ。だれもいないから。わたし、ひとりでここにすんでいるのよ。さあ、えんりょしないでお上がりなさい」

と言いました。

ムイムイは、おばあさんの後ろについて家に入りました。

きれいにかたづいた、気もちのいい家でした。

おばあさんは、台所《だいどころ》に入ってかたかたと音を立て、ムイムイのためにお茶をいれ、おかしといっしょにもってきてくれました。

「この家におきゃくさんが来るのは、何年ぶりかしら」

おばあさんはにこにこして、ムイムイを見ました。

ムイムイはおかしを食べ、あたたかいお茶をのみました。

本当においしいお茶でした。


ムイムイは、おばあさんの家の中をぐるりと見わたしました。

まどの下の台の上に、しゃしんがかざってありました。

ムイムイは、おばあさんに聞きました。

「おばあさんはひとりぼっちなの？　あのしゃしんの人たちは？」

おばあさんはしゃしんを手にとって、ムイムイの前におきました。

しゃしんには大人の男の人と女の人、それに男の子どもがうつっていました。

「これはね、わたしのむすこなの。こっちがむすこのおくさん。まん中の男の子は、わたしのまごなのよ。ちょうど、ムイムイと同じ年ごろかしらね。

遠くの大きな町にすんでいてね。なかなかここにあそびに来ることができないのよ。むすこはしごとがいそがしいし、まごもべんきょうやら、なんやらあるみたいでね。

ここは小さな町だから、たいしたしごともないし、だから、わかい人たちは大きな町に出たがってね。しかたがないねえ」

さびしそうに、おばあさんはまどの方を見ました。

「おばあさんは、大きな町に行って、いっしょにすまないの？」

ムイムイは聞きました。

「わたしはここで生まれて、ここでそだったから、ここが一番いいのよ。それに、わたしが行ったらじゃまになるだろうし」

しわくちゃの手の中のしゃしんに語りかけるように、おばあさんは言いました。

おばあさんがいれてくれたおいしいお茶が、なんだかしょっぱいあじになりま

した。

「おばあさん、おいなりさまに、なにをおねがいしていたの？」

「むすこたちが元気ですごせますように、そしてわたしも元気でいられますようにって、毎日おいなりさまにおねがいしているのよ。それがわたしのしごとかしらねえ」

おばあさんは、またにこっとわらいました。

「あしたもおいなりさまに行くの？」

ムイムイが聞きました。

「もちろん行くわよ。雨の日だって、雪の日だって」

「じゃあ、ぼくもいっしょに行って、おねがいするよ」

ムイムイは、おばあさんとやくそくをして、家を出ました。

つぎの日、ムイムイがおいなりさまの前でまっていると、おばあさんがこしをまげて歩いてくるのが見えました。

つぎの日も、そのつぎの日も、いっしょにおまいりをしました。

そして、つめたい、つめたい、雨の日のことでした。

ムイムイがいつものように、おいなりさまの前でまっていると、かさをさしたおばあさんが、ゆっくり、ゆっくり近づいてきました。

けれども、いつものおばあさんとは、なにかがちがうようすでした。

なんだか元気がないようでした。

ムイムイはしんぱいになって、おばあさんの顔をのぞきこみました。

「どうしたの？　元気がないみたいだよ」

おばあさんは、いつものようににこっとして、

「だいじょうぶよ。なんでもない。しんぱいしてくれてありがとう。

ムイムイは本当にやさしい子だね」

おばあさんは、ムイムイの頭をなでました。

おばあさんのしわくちゃな手から、あたたかな心がムイムイにつたわってきま

した。

おまいりがすんで、ムイムイとおばあさんは、雨の中を歩きました。

「春が来たら、おいなりさまのうらにきれいな桜《さくら》がさくのよ。ムイムイに見せてあげたいわ。じゃあ、またあしたね」

おばあさんは、いつものようににこっとわらって、家の中に入っていきました。

つぎの日。

おいなりさまの前でまってても、まってても、おばあさんは来ませんでした。

ムイムイはしんぱいになって、おばあさんの家に走っていきました。

「おばあさん、ムイムイだよ。いるの？　どうしたの？」

家の中はしーんとして、人がいるようすはありません。

ドアをトントンたたきましたが、だれも出てきません。

まどから中をのぞいてみましたが、おばあさんのすがたはありませんでした。

おばあさんが大切にしていたしゃしんが、あの日と同じように台の上にのっていました。

つぎの日も、そのつぎの日も、ムイムイは、おいなりさまの前でおばあさんをまちました。

けれども、おばあさんがあらわれることはありませんでした。

そして町に出たムイムイは、だれかがおばあさんの話をしているのを耳にしました。

あのつめたい雨の夜、おばあさんはひとりぼっちで天国に行ったって。

その先のことばは、もうムイムイの耳には入ってきませんでした。

ムイムイはかなしくてかなしくて、おいなりさまに走っていきました。

「どうか、おばあさんが天国で、ひとりぼっちにならないようにしてください」

ムイムイはなきながら、なんどもなんどもおねがいしました。

ルンルンと山のどうぶつたち

ルンルンは小学校のうらにある山に行きました。

鳥たちが木の上からルンルンのようすをうかがっていました。

一ぴきのタヌキが顔を出しました。

「見かけない顔のやつだな。おまえ、だれだ？」

「ぼくはルンルンって言うんだ。本当はおにの子なんだ」

いたずらっ子のルンルンは、かくしていた小さなつのをチラッと見せました。

「なーるほど。だからどうぶつのことばがつうじるのか。で、ルンルンはここになにしにきた？」

「うーん、それがよく分からないんだ。お父さんが、人間のせかいを見てこいって言うから、それで人間のすむところに下りてきたんだけど、ぼく、人間よりどうぶつの方がすきだから、山に入ってきちゃった」

と、ベロを出しました。

それを見てタヌキは、

「おもしろいやつだな」

と、わらいました。

ようすを見ていた鳥たちも、近くに下りてきました。

「ここは気もちのいいところだね」

ルンルンは大きくいきをすいこみました。

まだつめたい風が木の間を通りぬけていくものの、その木には、小さな小さな新しい芽《め》がついていました。

「春になったら、茶色の山からみどりの山にかわるんだ。たくさん花もさくし、虫たちも出てくるぞ」

タヌキがおなかをポンとたたいて言いました。

「だけどなあ、ルンルン。この山、もう少ししたら、なくなっちゃうんだ」

ルンルンは、タヌキのことばにびっくりして、大きな口をあけました。

「なんで？　どうして山がなくなるの？」

「春になったら、ここにブルドーザーが入って木は切られ、山はけずられ、人間の家がたてられるんだよ。きのうも、ヘルメットをかぶった人間たちが山の中を歩いていたんだ」

ルンルンには話がよく分からず、タヌキに何を聞いていいのかも分かりませんでした。

「だって、ここはタヌキさんや鳥さんたちの山なんでしょ？　どうしてかってに人間が家をたてられるの？」

タヌキは言いました。

「人間はな、山も海も空もぜんぶ自分たちのものだと思っているのさ。だからこの山に、おれや、ほかのたくさんの生きものがすんでいることなんて、かんけいないのさ。

そんなことより、ここにいくつの家がたてられて、いくらで売れるのか、そのことの方が大切なのさ。

山も海も、だれのものでもなくて、みんなのもので、なかよくくらしていけたらいいのになあ。

おれとイタチは、あまりなかよくないんだ。だから、同じ山の中でも遠くはなれたところに、すを作っているんだ。けんかしないようにな。

人間はそれができないんだよ。頭わるいんだよ。ほんとは」

そしてケラケラわらいました。

「でも、山がなくなったら、タヌキさんはどこにすむの？　みんなは？」

鳥はきれいな声で言いました。

「そうねえ。もっと山のおくにとんでいくわ。わたしたちにはつばさがあるもの」

タヌキも言いました。

「人間のきめたことは、どうしようもないのさ。どこかいいばしょを見つけに出るよ。イタチもたびのしたくをはじめたよ」

ルンルンは、ぼやーっと、なんだかすっきりしない気もちになりました。

「こんなに気もちのいい山なのに、どうぶつたちがここでくらしているのに、なんで人間はかってにここをこわして、自分たちにつごうのいいようにできるんだろう。

人間って、そんなにえらいの？

人間って、そんなにわがままな生きものなの？」

明るいルンルンの顔から、えがおがきえました。

タヌキは言いました。

「ルンルン、おれたち、そんなに弱くないんだぞ。またちがうばしょで生きていくさ。これまでもそうやってきたんだしな」

タヌキのことばは、ルンルンの心を、ほんの少しだけ明るくしてくれました。

ミンミンとおにごっこ

ミンミンは、小学校の近くにある公園に行きました。ちょうどじゅぎょうがおわって、子どもたちがたくさん学校から出てくるところでした。

公園に子どもたちの楽しそうな声があふれました。

お日さまがだいぶかたむいたころには、子どもたちのすがたもきえて、カラカラつめたい風が落ち葉《おば》をおいかけていました。

そんな中、女の子がひとりでブランコにのっていました。

もう、だれもいなくて、ひとりぼっちでした。

ミンミンはブランコに近づいて、女の子に声をかけました。

「おうちに帰らないの？」

「うん、うちに帰ってもひとりだから」

女の子はさびしそうに答えました。

「ママはおしごとだから、うちに帰ってもだれもいないし」

「パパは？」

「パパはいないの。私が小さい時、びょうきでしんじゃったの。だからママとふたりきり」

「いつまでここにいるの？　さむくない？」

「だいじょうぶ。もうすぐママが帰ってくるし。この公園を通るから、ママが来るまでまってる」

「じゃあ、いっしょにいてあげる」

ミンミンが言いました。

女の子が聞きました。

「ねえ、名前はなあに？　わたしはネネっていうの」

「ミンミンだよ」

もうくらくなった公園で、ふたりはブランコをこぎました。

さっきまで、さびしそうにギイギイと音を立てていたブランコが、楽しそうな音にかわってきました。

「ネネ！」

女の人の声がしました。

「ママ！」

ネネはブランコからとびおりると、女の人のうでのなかにとびこみました。

「ミンミン、さようなら。またあしたもあそべる？」

「いいよ。またあした、ここでね」

ネネは、ママのうでにぶら下がりながら公園を出ていきました。


次の日、ミンミンが公園でまっていると、ネネが走ってきました。

ほかの女の子たちも、公園にやってきました。

だけど女の子たちは、ネネとあそぼうとしませんでした。

ミンミンはネネに聞きました。

「ねえ、どうしてほかの子とあそばないの？　同じ学校なんでしょ？」

「うん」

ネネはうつむいて答えました。

「どうしたの？」

「だれも私とあそびたくないの。きっと、私がびんぼうだから」

たしかに、ほかの子の着ているものにくらべ、ネネのふくは新しくないし、おしゃれなものではありませんでした。

けれどもきれいにせんたくされていて、小さなあなにはかわいいチューリップのアップリケがついていました。

ミンミンは、そのチューリップのアップリケをゆびさして、

「これ、かわいいね」

と言いました。

「うん、ママがつけてくれたの」

ネネがうれしそうに言いました。

ほかの女の子たちは、チラッ、チラッとネネとミンミンの方を見ていましたが、

ネネには声をかけずに、自分たちだけでなわとびをはじめました。

ネネがミンミンに言いました。

「ねえミンミン、あした、うちにあそびに来てくれない？　あしたはママがおしごとお休みなの。だからうちに来て」

ミンミンは、

「いいよ。あした行くね」

ゆびきりをしてわかれました。


ミンミンがネネの家にあそびに行くと、やさしそうなネネのママが、

「いらっしゃい、ミンミンちゃん」

と、出むかえてくれました。

家の中は、ママの手作りのものがたくさんありました。

クッションカバーも、ネネのエプロンも、古くなったママのふくで作ったものでした。

「新しいのを買ってあげたいけど、高いから、ネネにはいつもお古ばかりで」

ママがかなしそうに言いました。

「ううん、すごくかわいくできているよ。買ったものより、こっちのほうがずっといいよ」

ネネが言いました。

ママの手は、たくさんはたらいているからなのか、かさかさしていました。

でも、とってもとってもあたたかい手でした。

ミンミンは、心の中もあたたかくなった気がしました。

「ネネのお友だちがうちに来てくれるなんて、ママもうれしいわ」

ママはニコニコして言いました。


ミンミンは思いました。

びんぼうだとお友だちができないの？

ネネはこんなにやさしいのに、なんでなかまはずれなんだろう。

みんなであそんだほうが、もっと楽しいのになあ。

つぎの日、いつものように、じゅぎょうがおわってみんなが出てくるのを、ミンミンはまっていました。

ネネがやってきました。

ネネのあとから、クラスの女の子たちが、おしゃべりしながら出てきました。

ミンミンはネネに、

「おにごっこしようよ」

と言いました。

「ふたりじゃできないよ」

と、ネネが言いました。

「だいじょうぶ、できるよ」

ミンミンは女の子たちのところに近づいていき、

「ねえ、いっしょにおにごっこしよう」

と、さそいました。

「えー、おにごっこ？　いやよ、ネネもいっしょでしょ？」

女の子たちがブツブツ言いました。

ミンミンは、それでもかまわずつづけました。

「いっしょにやろうよ。走ったらあたたかくなるし、みんなでやったら楽しいよ」

すると、女の子のうちのひとりが、

「いいよ。私、やる」

と言いました。

アンという名前の子でした。

アンは、本当はいつもネネのことが気になっていました。

でも、ネネといっしょにいたら、自分がなかまはずれにされるんじゃないかと思い、あそぼうって言えなかったのでした。

ミンミンが声をかけてくれたから、アンはゆうきを出して「いっしょにやる」って言えました。

そうしたら、アンはきゅうに気もちがかるくなって、楽しくなりました。

「じゃあ、三人でやろう」

ミンミンが元気に言いました。

「じゃんけんぽん！」

「あっ、ミンミンがおにだ!!」

ネネとアンは走り出しました。

三人が楽しそうにあそんでいるのを見て、ほかの女の子たちはうらやましくなりました。

ミンミンが大きな声でよびました。

「ねえ、みんな、やろう!!」

女の子たちはこんどはすぐに、

「やるっ！」

と走ってきました。

夕方までみんなで楽しくあそびました。
女の子たちは、
「またあした、いっしょにあそぼうね」
と、ネネに言って帰っていきました。
ネネは、ママが帰ってくるのを公園でまちました。
でも、今日のネネは、ちっともさびしそうじゃありませんでした。

おにのおしごと

空のほうから、

「おーい、おまえたち、帰る日がきたぞー」

と、おにのお父さんの声がしました。


三人はおにの国に帰ってきました。

三人とも、心の中にたくさんのものをつめて帰ってきました。

お父さんが言いました。

「さあ、一番話したいことは見つかったかな？

ムイムイはどうだ？」

ムイムイは、やさしかったおばあさんの話をしました。

「本当はおばあさん、しゃしんのむすこさんたちといっしょにくらしたかったんじゃないかなあ。

まいにちまいにち、むすこさんたちが元気でいられますようにとおまいりして、本当はさびしかったんじゃないかなあ」

ムイムイの目から、なみだがぽろぽろおちました。

すると、ムイムイの手の中にまあるい玉があらわれました。

お父さんが言いました。

「ムイムイ、それはおばあさんの心の中にあったかなしみだよ。そのかなしみを、ムイムイがおばあさんの心からとりのぞいてきたんだ」

その玉は、あの日の雨のように、青とねずみ色のまざったさびしい色をしていました。

「さあ、ルンルンの番だ」

お父さんがルンルンをよびました。

ルンルンは少しおこったように、早口でしゃべりはじめました。

「だって人間ってかってでしょ。自分たちのつごうで山をこわしちゃうなんてさ。ほかのばしょに家をたてればいいじゃない。タヌキさんやイタチさんのすんでいるところじゃなくってさあ」

するとと、ルンルンの手の中にはみどり色の玉があらわれました。

その玉の中に、赤とオレンジと黒がごちゃごちゃまざったような雲がもくもく出てきました。

「うわっ！」

ルンルンは思わず玉をおとしそうになりました。

「なにこれ、気もちわるい」

「人間の欲《よく》が、玉の中にあらわれたんだよ。人間のかってな考えが、しぜんやどうぶつたちのすみかさえこわしてしまうんだ。

でも、それはけっきょく、さいごは人間のせかいもこわすことになるんだよ。

このちきゅうの中にみんながくらしているのだから、みんながつながっているのだからね」

「ミンミンはどうだった？」

お父さんはミンミンをひざにだくと、やさしい声で聞きました。

お父さんにとってミンミンは、とてもかわいいむすめでした。

ミンミンは、ネネとママがまずしくてもなかよくくらしていること、ネネはママのことが大すきで、ママもネネのことをとても大切にしていることを話しました。

そして、ネネがなかまはずれにされていたこと、でも、ママにしんぱいかけないように、ネネはそのことを、きっとママに話していなかったんだろうって、少しベソをかきながら話しました。

いじめる子の中にも、本当はそれがいやで、心の中ではネネとあそびたいって思っていた子がいたこと、みんなとおにごっこをして、とっても楽しかったってことも、ミンミンはお父さんに話しました。

ミンミンの手の中には、茶色と黒っぽいピンクのまだらもようの玉があらわれました。

「それはねミンミン、人間のまずしさから来るつらさと、人をのけものにしたり、ばかにしたりする、いじわるな心だよ」

お父さんは、ミンミンをぎゅっとだきしめました。

「さあ、今から、なぜおまえたちを人間のせかいに行かせたか、その話をしよう。人間の中には、もちろんいい人間もいる。おばあさんや、ネネや、ネネのママのようにね。

けれども人間の心の中には、さびしさやかなしさ、くるしさ、ずるさ、それからよくばりなところもあるんだ。それをお前たちにかんじてほしかった。そして、それを人間たちからとりのぞいてもらいたかったんだ。

わたしたちおにのしごとは、人間の心の中にあるいやなものを、人間からなくしてあげることなんだよ。

節分《せつぶん》の日、わたしたちおにには、人間のせかいに下りていき、人間の心の中のわるいものをとり出し、それを外にすてているんだ。

『おには外!!』と言って人間が豆《まめ》をなげつけているのは、わたしたちおにではなく、本当は自分たちの心の中にある『オニ』になんだよ。

わたしたちはきらわれもののようだが、とても大切なおしごとをさずかっているんだよ」


ムイムイ、ルンルン、ミンミンは、お父さんの話をじっと聞いていました。

すると、手の中にあった玉がふわーっと天にむかってのぼっていったかと思うと、すーっときえていきました。

玉がきえたあとには、キラキラした光があたりをつつみました。

いつもりっぱなお父さんが、なんだかもっとりっぱに見えました。


「今年は、ぼくたちも節分《せつぶん》のしごとを手つだうよ」

ムイムイがむねをはりました。

ルンルンも「ぼくもやるさ」。

ミンミンも「わたしも」と言いました。

お父さんは三人に力強くうなずきました。

ムイムイはきえた玉のあたりで、おばあさんがにこっとわらったような気がしました。

ルンルンには、タヌキさんが『大丈夫さ』って言った声が聞こえました。

ミンミンは、ネネがきっと今ごろ、みんなといっしょにおにごっこをしているんだろうなって思いました。

あとがき

去年《きょねん》、私《わたし》の家にすずめが巣《す》を作りました。せっせと枯《か》れ草を運《はこ》ぶすずめを応援《おうえん》し、雨の日は、濡《ぬ》れないかと心配《しんぱい》をしました。赤ちゃんすずめが生まれると、そのすずめたちは、もうただのすずめではなく、「うちのすずめ家族《かぞく》」のように思いました。

道ばたに咲《さ》いている花の名前を知りました。するとそれまで気にも留《と》めないで通り過《す》ぎていたその花が、かわいらしく私に話しかけているように思いました。

少しだけ近づいてみたり、見ている角度《かくど》をちょっと変《か》えてみたりするだけで、人も動物《どうぶつ》も、虫も植物《しょくぶつ》も、空や海さえも、まるで私《わたし》の友達《ともだち》になったように大切なものに思えるのです。

大きな自然《しぜん》の中で、人間の私《わたし》は決《けっ》して特別《とくべつ》なものではないということ、すべてのものがつながりあって、すべての命《いのち》が同じように大切《たいせつ》なものだということを忘《わす》れないでいられたら、ムイムイたちが私《わたし》の友達《ともだち》でいてくれるような気がするのです。

節分《せつぶん》の日、ムイムイ、ルンルン、ミンミンにあなたも会えるかもしれませんね。

最後《さいご》に、この本を出版《しゅっぱん》する機会《きかい》を与《あた》え、支《ささ》えてくださった文芸社《ぶんげいしゃ》の砂川様《すなかわさま》、吉澤様《よしざわさま》、そして私《わたし》の心の中の世界《せかい》を描《えが》いてくださった村山様《むらやまさま》に心よりお礼《れい》を申《もう》し上げます。

そして、私《わたし》の広がる空想《くうそう》を理解《りかい》し、果《は》てしない思考《しこう》を見守《みまも》り育《そだ》ててくれた亡《な》き両親《りょうしん》に、感謝《かんしゃ》の気持《きも》ちを添《そ》えて、本の完成《かんせい》を報告《ほうこく》したいと思います。

花《はな》野《の》猫《ねこ》